Les femmes savantes

FichesdeLecture.com

LES FEMMES SAVANTES (FICHE DE LECTURE)   4

I. INTRODUCTION

L'auteur

L'œuvre

II. RÉSUMÉ DU ROMAN

Acte I

Acte II

Acte III

Acte IV

Acte V

III. PRÉSENTATION DES PERSONNAGES

IV. AXES DE LECTURE

Contexte

Chois esthétiques

Un Drame bourgeois avant l'heure ?

La femme au XVIIe

Henriette, femme de raison et de modestie

Vertus de la discrétion

Savoirs inutiles, savoirs livresques

Hommage au bon sens

Opposition de deux écoles philosophiques

DANS LA MÊME COLLECTION EN NUMÉRIQUE   17

À PROPOS DE LA COLLECTION   25

Les femmes savantes (Fiche de lecture)

I. INTRODUCTION

L'auteur

Molière, de son vrai nom Jean-Baptiste Poquelin, est né en 1622 à Paris et mort en 1673. C'est un dramaturge, auteur de nombreuses comédies, dont beaucoup comptent parmi les plus célèbres du répertoire théâtral français. Il fut à la fois auteur, directeur de troupe, metteur en scène et comédien. Sous le règne de Louis XIV, et après des débuts difficiles, ses pièces triomphent un peu partout en France et lui apportent les faveurs du roi. Il lui arrive aussi d'être inquiété par le pouvoir ou la censure, car souvent, l'auteur tourne en ridicule des mœurs, comportements et hommes de son temps. Parmi ses pièces les plus importantes, on peut retenir *L'École des femmes*, *Tartuffe ou l'Imposteur*, *Le Misanthrope ou l'Atrabilaire amoureux*, *Le Médecin malgré lui*, *Le Bourgeois gentilhomme*, *Les Fourberies de Scapin*, *Le Malade imaginaire*.

L'œuvre

Les Femmes savantes est une pièce de théâtre en cinq actes, jouée pour la première fois en 1672 à Paris, et l'une des dernières pièces écrites par Molière. Il s'agit d'une comédie composée en alexandrins, qui se moque des rapports ridicules avec le savoir qu'entretiennent certaines femmes de la bourgeoisie. Dans cette pièce, Henriette, jeune fille de famille bourgeoise, ne peut épouser l'homme qu'elle aime. Elle est contrainte d'obéir à sa mère, une femme savante qui se consacre à l'étude des sciences et de la philosophie, et qui estime que sa fille doit impérativement épouser un homme plus érudit. Longtemps, on a estimé que la pièce se moquait des femmes, postulant que leur éducation était vaine et leur accès au savoir inutile. Mais dans l'esprit de Molière, il s'agissait surtout de se moquer des esprits pédants, des savoirs inutiles et des personnes pour qui la culture ne sert à rien d'autre que flatter l'égo.

II. RÉSUMÉ DU ROMAN

Acte I

L'histoire se passe à Paris. Henriette, jeune fille de famille bourgeoise, est amoureuse de Clitandre qu'elle souhaite épouser. Elle en parle avec sa sœur Armande, qui considère que le mariage, l'amour et la maternité ne sont que de désirs sots et vains, si on les compare à la culture de l'esprit et à l'étude des choses savantes.

Armande déplore que sa sœur ne se consacre pas plutôt à la philosophie et aux sciences. Mais il est probable aussi qu'Armande éprouve un peu jalousie, car Clitandre fût autrefois amoureux d'elle. Le jeune homme, lassé de faire la cour à une femme qui lui préférait les livres, a fini par se tourner vers Henriette, la plus jeune des deux sœurs.

Pour obtenir la main d'Henriette, Clitandre va devoir convaincre les parents de la jeune fille de la lui accorder. Le père d'Henriette est un homme affable et de nature généreuse, qui ne s'opposera sûrement pas au mariage. En revanche, son épouse est une femme autoritaire et très difficile à convaincre. Pour y parvenir, Clitandre sollicite l'aide de Bélise, la tante d'Henriette.

Mais Bélise, qui ne comprend pas la démarche de Clitandre, et qui passe son temps à s'inventer des soupirants, est persuadée que c'est d'elle dont Clitandre est amoureux. Elle repousse le jeune homme et ne lui apporte aucune aide.

Acte II

Ariste, l'oncle d'Henriette, vient plaider la cause de Clitandre auprès de son frère, Chrysale. Les deux hommes, qui apprécient le jeune prétendant, sont prêts à lui accorder la main d'Henriette. Chrysale décide d'aller en discuter avec sa femme, Philaminte.

Philaminte vient de renvoyer la domestique de maison, à qui elle reproche son manque d'éducation, et d'écorcher la langue française chaque fois qu'elle s'exprime. Chrysale désapprouve le renvoi de la domestique et tente de plaider sa cause, mais comme à chaque fois, il cède devant le caractère obstiné de sa femme.

Alors qu'il s'apprête à lui parler de Clitandre, qui ferait un gendre convenable, elle l'interrompt pour lui annoncer que monsieur Trissotin, un homme de très grande culture qu'elle admire beaucoup, serait un mari idéal pour leur fille. Chrysale n'ose pas s'opposer au choix de sa femme et part retrouver son frère Ariste, qui lui reproche sa lâcheté et l'invite à se montrer plus ferme la prochaine fois.

Acte III

Philaminte, Armande, Bélise et Henriette sont réunies pour écouter monsieur Trissotin faire étalage de sa science, de son éducation et de ses prétendues qualités de poète. Les femmes sont sous le charme de l'orateur, à l'exception d'Henriette, qui ne lui accorde aucune attention.

Trissotin leur présente Vadius, un homme cultivé qui parle le grec. Les deux hommes s'échangent des compliments devant les femmes toujours plus admiratives. La conversation s'anime et Vadius ironise sur un poème qu'il a entendu la veille, sans savoir qu'il a été composé par Trissotin. La maladresse de Vadius entraine une dispute entre les deux hommes qui s'emportent et se lancent des noms d'oiseaux. Vadius vexé se retire.

C'est le moment que choisit Philaminte pour annoncer à Henriette et Trissotin le projet qu'elle a établi pour eux : ils vont devenir mari et femme. Trissotin est ravi par cette nouvelle, mais Henriette elle, est très mécontente

Acte IV

Philaminte explique à sa fille ainée, Armande, qu'elle n'aime pas Clitandre, et qu'il ne saurait être question qu'il épouse Henriette. Armande à son tour critique le jeune homme, mais son aigreur et son acharnement sur lui laissent deviner qu'elle regrette de l'avoir repoussé, à une époque où il était encore amoureux d'elle.

Philaminte retrouve Clitandre pour lui expliquer qu'elle compte marier sa fille à Trissotin, et qu'il devra se faire à cette idée. Trissotin les rejoint et se dispute avec Clitandre, car le jeune homme se moque des connaissances inutiles de ce prétendu savant qu'il juge pédant et arrogant.

Un valet apporte une lettre de Vadius, destinée à Philaminte. Toujours vexé et en colère depuis leur récente altercation, Vadius dénonce dans la lettre les véritables intentions de Trissotin. Le savant feint d'être attiré par Henriette, alors que c'est seulement la fortune de sa famille qui l'intéresse.

Malgré ces allégations, Philaminte ne renonce pas à marier sa fille à Trissotin et demande qu'on lui envoie le notaire pour officialiser l'union. Chrysale de son côté continue de soutenir Clitandre, et espère pouvoir intercepter le notaire avant qu'il ne soit trop tard.

Acte V

Henriette tente vainement d'expliquer à Trissotin qu'elle ne veut pas de lui pour époux, et qu'il n'arrivera pas à la convaincre du contraire. Elle retrouve ensuite son père, qui lui réitère son soutien.

Le notaire est enfin arrivé. Lorsqu'il demande quel nom il doit apposer sur le contrat, les désaccords ressurgissent. Philaminte soutient Trissotin, tandis que Chrysale, pour une fois, résiste à sa femme et annonce qu'il soutient Clitandre.

Ariste les interrompt, apportant le courrier et avec lui de mauvaises nouvelles. Suite à un procès perdu et à de mauvais placements, la famille est ruinée. Trissotin explique à tous qu'il renonce à épouser Henriette, laissant deviner ainsi ses véritables intentions : c'est bien la fortune familiale qui l'intéresse, et le beau parleur autrefois admiré est à présent méprisé par tous.

Clitandre explique aux parents d'Henriette que pour sa part, il ne se soucie pas de savoir s'ils sont ruinés, puisque c'est bien par amour qu'il souhaite épouser leur fille. Mais Henriette ne veut pas lui imposer un avenir fait de dettes et de problèmes financiers, et la mort dans l'âme, elle renonce au mariage avec Clitandre.

Heureusement, Ariste dévoile la supercherie dont il est l'auteur. Les deux lettres sont des faux, fabriqués pour démasquer les calculs de Trissotin, et la famille possède toujours sa fortune. À présent, plus personne ne doute de la sincérité et des qualités de Clitandre. Les deux jeunes gens vont pouvoir se marier.

III. PRÉSENTATION DES PERSONNAGES

- Chrysale

Chrysale est le père d'Henriette et d'Armande. C'est un homme bon et généreux, mais faible, incapable d'affirmer ses opinions et de contredire sa femme. Il cherche toujours à éviter le conflit et n'essaie plus d'imposer ses décisions depuis longtemps. Il est attaché aux choses matérielles et se moque des savoirs qu'il juge souvent pédants et inutiles.

- Philaminte

Philaminte est la femme de Chrysale. C'est une femme autoritaire, dure avec son mari et avec ses filles, qui se passionne pour l'apprentissage de la philosophie, des sciences, et des savoirs en général. Malgré les connaissances qu'elle accumule, c'est une personne superficielle, car ce qu'elle apprend lui sert essentiellement à briller en société, plutôt qu'à élaborer une sagesse personnelle. C'est le paraitre qui l'intéresse avant tout.

- Armande

Armande est la fille de Chrysale et Philaminte et tient beaucoup de sa mère. Elle aussi méprise les plaisirs du corps et préfère se consacrer à l'étude des sciences plutôt qu'à la vie maritale. Elle repousse Clitandre, pourtant très amoureux d'elle, auquel elle préfère la lecture des ouvrages savants.

- Henriette

Henriette est la fille de Chrysale et Philaminte, et contrairement à sa sœur, elle tient plutôt de son père. Elle ne se soucie pas de savoir si elle est intelligente ou cultivée, et elle aspire à une vie simple et conventionnelle. Henriette souhaite se marier, avoir des enfants, et se moque des leçons que sa mère et Trissotin veulent lui imposer. Elle est plus sage que les autres femmes de sa famille.

- Ariste

Ariste est le frère de Chrysale. Lui aussi voit d'un mauvais œil le caractère pédant de sa belle sœur. Il soutient Clitandre, et reproche à Chrysale d'être trop faible avec sa femme. Il cherche à provoquer chez son frère un sentiment de révolte.

- Bélise

Bélise est la sœur de Chrysale, très proche de Philaminte, avec laquelle elle se consacre à l'étude. Mais Bélise, bien qu'elle prenne des leçons avec Trissotin et prétend adorer tous les savoirs, est loin d'être la plus intelligente de la famille. Elle est persuadée que de nombreux hommes sont amoureux d'elle, y compris Clitandre, l'amant d'Henriette.

- Clitandre

Clitandre est l'amant d'Henriette et ne souhaite rien d'autre que de l'épouser. Jeune homme sans défauts notables et de bonne famille, il est soutenu par Chrysale et Ariste.

- Trissotin

Trissotin est un homme très érudit, qui aime montrer à tous l'étendue de son savoir. Il aime par-dessus tout réunir un public de femmes désireuses d'apprendre, pour briller devant elle en récitant des poèmes qu'il a composés. Mais, Trissotin est plus pédant qu'intelligent, et c'est une personne assez superficielle.

- Vadius

Vadius est un savant qui se vante de maitriser le grec. Suite à une altercation au sujet d'un sonnet, il va dénoncer dans une lettre les véritables intentions de Trissotin.

- Martine

Martine est une domestique au service de la famille de Chrysale. Femme de milieu modeste, elle parle un mauvais français, ce qui lui vaut d'être renvoyé par Philaminte, bien qu'elle soit bonne cuisinière et très serviable.

IV. AXES DE LECTURE

- Contexte et forme

Contexte

Les Femmes savantes est une des dernières pièces écrites par Molière, dans laquelle les femmes semblent tournées en ridicule. Pourtant, une dizaine d'années auparavant, Molière dénonçait le sort réservé aux femmes, en écrivant *L'école des femmes*. Cette pièce, datée de 1662, était alors jugée immorale et provocatrice par de nombreux spectateurs, et sujette à la virulence d'un homme en particulier : l'abbé Cotin.

L'abbé Cotin était un académicien et homme mondain, courant les salons littéraires et scientifiques, un beau parleur symptomatique de la figure du pédant au XVIIe siècle. Molière et l'abbé Cotin ont eu une grande dispute au sujet de *L'école des femmes*, et le dramaturge violemment attaqué promit au religieux que c'est sur scène qu'il lui répondrait. Quelques années plus tard, la troupe de Molière jouait pour la première fois *Les Femmes savantes*, et on reconnaissait dans le personnage de Trissotin, l'abbé Cotin, tourné en ridicule par l'auteur.

C'est dans ce contexte que la pièce est sortie de l'imagination de Molière, une pièce à la fois vengeance personnelle et occasion de se moquer des comportements hautains et pédants des (prétendus) intellectuels très en vogue à l'époque.

Chois esthétiques

Molière écrit au XVIIe siècle, et les auteurs respectent scrupuleusement les règles du théâtre classique à cette époque (règles qui ne seront remises en causes que deux siècles plus tard, avec le drame romantique). La pièce *Les Femmes savantes* est donc soumise aux trois règles incontournables : unité d'action (le mariage impossible entre Clitandre et Henriette), unité de lieu et de temps.

Si Molière écrit à une époque où le respect des règles va de soi, il dispose tout de même de liberté en ce qui concerne les choix formels. Il décide d'écrire la pièce en alexandrins (rappelons que l'alexandrin est un vers de 12 pieds qui rime avec le vers suivant ou précédent). Or, pour ce type de comédie, l'auteur affectionnait aussi la prose (un choix qui concerne par exemple *Les Précieuses ridicules*, dont le sujet est assez proche de *Les Femmes savantes*). Enfin, Molière décide de structurer la pièce en cinq actes, mais il lui arrivait d'écrire des comédies sur le modèle d'une pièce en un ou trois actes.

Un Drame bourgeois avant l'heure ?

Le drame bourgeois est un genre théâtral né au XVIIIe siècle, soit bien après Molière. On ne peut donc pas pour *Les Femmes savantes* dire qu'il s'agit d'un drame bourgeois à proprement parler, mais on décèle des caractéristiques qui en sont proches. Le drame bourgeois se situe entre comédie et tragédie. Il insiste sur les problèmes économiques, la condition sociale, et il célèbre le triomphe de la vertu sur le vice.

Les Femmes savantes s'inscrit sans équivoque dans le registre de la comédie. Comique de situation, avec la tante Bélise persuadée que Clitandre lui demande sa main. Comique de personnages grotesques qui sont des caricatures de leur époque, etc. Mais la pièce a aussi ses passages plus inquiétants et moins drôles, notamment lorsque Trissotin parle avec Henriette et lui explique qu'il prendra la jeune fille de gré ou de force, par tous les moyens qu'il jugera bon d'utiliser. Trissotin personnage inquiétant dans la mesure où tout son comportement n'est jamais que calcul financier.

De la même manière, la relation entre les deux sœurs, Henriette et Armande est ambigëe et pas systématiquement sur le registre comique. La jalousie cachée d'Armande pour sa sœur est presque de nature tragique. Armande manipule sa sœur, la pousse dans les bras d'un Trissotin au nom de l'amour du savoir, alors qu'en réalité, elle envisage de lui reprendre Clitandre.

La pièce s'appuie aussi sur le conditionnement social et économique des personnages. Henriette ne peut épouser celui qu'elle veut à cause de ses origines bourgeoises. Et la prétendue ruine de la famille joue un rôle déterminant dans le dénouement de la pièce, permettant à la vertu d'Henriette de triompher sur le vice de Trissotin.

– Une pièce misogyne ?

La femme au XVIIe

Selon les époques, on a pu accuser Molière de misogynie pour sa pièce *Les Femmes savantes*. Mais il faut prendre, avant d'aller plus loin dans l'analyse, une précaution impérative. Le XVIIe siècle n'est pas le XXIe et donc les notions de misogynie ou de féminisme ne sont en rien comparables avec les définitions que nous en avons aujourd'hui.

Toutefois, on entend de la bouche de Philaminte : « *je veux nous venger, toutes tant que nous sommes ; de cette indigne classe où nous rangent les hommes* ». Preuve que la question de la place de la femme dans la société existe bel et bien, y compris dans l'esprit de l'auteur. À part pour quelques très rares femmes privilégiées, l'accès à la connaissance est réservé aux hommes, de même que l'accès à un grand nombre de professions.

On entend Chrysale s'exclamer dans la pièce « *il n'est pas bien honnête (...) qu'une femme étudie et sache tant de choses* ». Comme si l'auteur à travers ce personnage qui suscite la sympathie tenait à exprimer son point de vue sur cette question. *Les Femmes savantes* est-elle réellement une pièce misogyne ? Rappelons que dix ans auparavant, avec *L'école des femmes*, l'auteur prenait la défense des femmes dans cette société du XVIIe siècle si ingrate à leur égard.

Molière ne s'attaque pas aux femmes en général, mais à un certain type de pédantes, et à un rapport au savoir insupportable : le savoir comme faire valoir. Et le portrait qu'il dresse d'Henriette, en opposition avec sa sœur Armande, nous éclaire un peu plus sur ses véritables intentions.

Henriette, femme de raison et de modestie

« *Je me trouve fort bien ma mère, d'être bête* ». C'est de cette manière qu'Henriette parle d'elle-même. Mais est-elle si bête et le pense-t-elle vraiment ? Henriette est de loin la femme la plus intelligente dans la pièce et un personnage qui souvent met en lumière les contradictions des autres. Elle remarque que l'appât du gain n'a rien de très philosophique et pourtant, il existe chez ceux qui se prétendent philosophes. Elle ne possède pas l'érudition des autres femmes de sa famille, mais elle sait faire fonctionner sa raison.

Le bon sens et la raison sont des vertus que Molière met en avant à plusieurs reprises dans la pièce et dont semblent dépourvus tous les personnages pédants. C'est pourtant la forme d'intelligence la plus importante aux yeux de l'auteur. Henriette est capable de démêler des problèmes, de prendre de sages décisions, de ne pas se laisser corrompre par les menteurs et beaux parleurs. Son intelligence pratique est immédiatement utile, contrairement aux savoirs livresques de sa mère, de sa sœur ou de Trissotin.

On peut conclure que Molière n'attaque pas la femme en général puisque le portrait qu'il fait d'Henriette est flatteur et admiratif. C'est à un type particulier de femmes et même d'hommes qu'il s'en prend, à tous ceux qui contrairement à Henriette, manquent de modestie et de discrétion.

Vertus de la discrétion

Le savoir ne sert pas à briller, à impressionner ou à paraitre. Pour Molière, le savoir est important, mais seulement lorsqu'il se destine à des fins utiles, et rien n'est pire que d'apprendre pour flatter l'égo. Comme le dit Clitandre, il est bon d'« *avoir du savoir sans vouloir qu'on le sache* » alors qu'il est déplorable de « *se rendre savant afin d'être savante* ». Le portrait d'Henriette est tout à l'honneur de la jeune femme, vertueuse et intelligente. Mais sa sœur, sa mère et sa tante sont incapables de percevoir ses nombreuses qualités, car en plus d'être dotée de bon sens, Henriette est modeste et discrète. Ce sont des dispositions que Molière met au premier plan, parce qu'elles manquent cruellement aux pédants de son époque. Contrairement à Henriette, Trissotin est toujours plongé dans « *Cet indolent état de confiance extrême* ». Or, la première marque de l'intelligence n'est-elle pas de « *savoir qu'on ne sait rien* » comme le disait le philosophe Socrate ?

Admettre modestement son ignorance est à la base des enseignements de la philosophie grecque, philosophie que Trissotin est ses admiratrices connaissent par cœur sans pourtant appliquer son enseignement. C'est le paradoxe ridicule que Molière montre du doigt : les pédants connaissent parfaitement les auteurs de la sagesse antique et pourtant, ils n'appliquent jamais leurs conseils.

Ce rapport à la connaissance, Molière le juge sans intérêt et pose la question dans la pièce. Qu'est - ce que le savoir, à quoi sert-il et comment doit on l'appréhender ?

– Qu'est-ce que le savoir ?

Savoirs inutiles, savoirs livresques

Molière ne dénonce pas le savoir en général ni l'envie d'apprendre, mais il s'en prend aux savoirs pédants et inutiles, aux caricatures de l'érudition. Il suffit que Trissotin glisse dans son sonnet des mots connus de lui seul pour que les femmes qui l'écoutent poussent des cris d'admirations : « *Ah ! Ma Laïs ! Voilà de l'érudition* ». Mais l'érudition n'est pas l'intelligence et la connaissance n'est pas la sagesse.

En connaisseur de philosophie et même de sciences, Molière sait tout l'intérêt qu'il y a à étudier ces savoirs. Mais il les différencie de l'érudition qui n'a d'autre but que d'impressionner des gens. C'est ce qu'essaie d'expliquer Clitandre à Philaminte : « *Je m'explique, Madame, et je hais seulement ; La science et l'esprit qui gâtent les personnes* ». Il ne s'agit donc pas de dénoncer le savoir, mais un certain type de rapport au savoir, celui de Trissotin ou de Vadius.

Le savoir doit avoir des applications pratiques sinon « *La science est sujette à faire de grands sots* ». De la même manière, la philosophie doit permettre d'accéder à la sagesse. Elle est un outil pour appréhender le monde et prendre de sages décisions. Sans cela, son étude est inutile, comme le pense Chrysale à propos de sa femme « *du nom de philosophe elle fait grand mystère, mais elle n'en est pas pour cela moins colère* ». À quoi bon étudier la philosophie, si on se laisse guider par sa colère plutôt que par sa raison ?

Molière n'aime pas non plus le savoir livresque, qu'il appelle le ténébreux butin « *De tous les vieux fatras qui trainent dans les livres* ». Il se méfie de ceux qui apprennent uniquement dans les livres, et à ceux-là, il oppose une autre forme de savoir : le savoir qui s'acquiert dans l'expérience quotidienne, savoir de l'intelligence pratique et du bon sens.

Hommage au bon sens

Il y a des savoirs partout si on est attentif, et on n'apprend pas uniquement dans les livres. Surtout, selon Molière, il n'y a pas nécessairement de savoirs plus nobles que d'autres ou plus importants. Philaminte renvoie Martine, la domestique, sous prétexte qu'elle écorche sans cesse la langue française. Mais Chrysale regrette le départ de celle qu'il juge excellente cuisinière et très habile pour les tâches ménagères, et dit à sa femme « *je vis de bonnes soupes, et non de beaux langages* ».

Les savoirs pédants ne sont souvent d'aucune utilité dans la vie quotidienne, car ceux qui les enseignent sont « *inhabiles à tout, vides de sens commun* ». Trissotin sans sa bibliothèque et ses références livresques est perdu et impuissant. Il ne parle pas par lui-même, mais il cite, et il est incapable de comprendre les sentiments humains que beaucoup d'autres comprennent instinctivement.

Il est convaincu que son érudition lui permettra d'emporter la main d'Henriette, qui pourtant essaie de lui expliquer *« Si l'on aimait monsieur, par choix et par sagesse ; Vous auriez tout mon cœur et toute ma tendresse »*.

Opposition de deux écoles philosophiques

Molière semble se moquer de l'érudition philosophique. Pourtant, une lecture attentive de la pièce révèle que l'auteur a des conceptions très fines de la philosophie qu'il distille à travers ses personnages.

Il oppose savoirs utiles et érudition livresque, mais plus profondément, il oppose deux conceptions de la philosophie, héritées de l'antiquité grecque. D'un coté le matérialisme tel que conçu entre autres par Épicure, les stoïciens, les cyniques et de l'autre côté l'idéalisme défendu par Platon, Aristote et leurs héritiers.

Le matérialisme prend en compte la terre, l'unité du corps et de l'esprit, ne méprise pas les besoins physiologiques. Il prône une application immédiate et concrète de la philosophie ici et maintenant, car il considère qu'il faut se préoccuper seulement du monde dans lequel nous vivons.

Au contraire, l'idéalisme sépare le corps et l'esprit pour mieux privilégier le second. Il affirme que les idées existent indépendamment des choses concrètes, comme dans le ciel des idées platonicien. L'idéalisme méprise les préoccupations matérielles au nom de l'élévation de l'âme.

Au-delà de l'opposition savoir et ignorance, de manière plus subtile et moins immédiate, ce sont ces deux catégories qui structurent l'opposition Armande /Henriette. Ainsi, Henriette dit à Armande *« vous, du côté de l'âme et des nobles désirs, moi, du côté des sens et des grossiers plaisirs »*. Henriette est probablement matérialiste sans le savoir elle-même, mais c'est ce qu'elle exprime lorsqu'elle parle avec sa sœur, en opposant âme et grandeur des idées contre corps et préoccupations matérielles.

C'est aussi à travers le vocabulaire employé et les images choisies par l'auteur que l'on peut entrevoir l'opposition philosophique qu'il a voulu mettre en place. Philaminte l'idéaliste nous parle en ces termes des différences avec son mari : « *Et qui doit gouverner, ou sa mère ou son père ; Ou l'esprit ou le corps, la forme ou la matière* ». Elle disserte avec les autres sur les substances pensantes et substances étendues de Descartes, qui sont des concepts qui redéfinissent, avec un vocabulaire nouveau, les principes de la philosophie idéaliste : séparation de l'âme et du corps (le matérialiste considérant qu'il n'y a pas de séparation possible, mais unité).

Une analyse du champ lexical révèle également les implications phi-losophiques de la pièce et l'opposition matérialisme/idéalisme. Ainsi, on trouve à de nombreuses reprises des mots qui structurent ces deux écoles de pensée : *Feu céleste, sales désirs, nœuds de la matière, bruler des terrestres flammes, impur, vœux épurés, chaines corporelles.*

Molière a une conception assez fine de la philosophie et ne s'attaque pas au savoir en général, puisque lui-même était très cultivé et connaisseur de ces oppositions métaphysiques. Il se moque d'une forme de rapport au savoir, de la même manière qu'il n'attaque pas les femmes, mais seulement les pédantes pour qui les connaissances servent uniquement à flatter l'égo.

Dans la même collection en numérique

Les Misérables

Le messager d'Athènes

Candide

L'Etranger

Rhinocéros

Antigone

Le père Goriot

La Peste

Balzac et la petite tailleuse chinoise

Le Roi Arthur

L'Avare

Pierre et Jean

L'Homme qui a séduit le soleil

Alcools

L'Affaire Caïus

La gloire de mon père

L'Ordinatueur

Le médecin malgré lui

La rivière à l'envers - Tomek

Le Journal d'Anne Frank

Le monde perdu

Le royaume de Kensuké

Un Sac De Billes

Baby-sitter blues

Le fantôme de maître Guillemin

Trois contes

Kamo, l'agence Babel

Le Garçon en pyjama rayé

Les Contemplations

Escadrille 80

Inconnu à cette adresse

La controverse de Valladolid

Les Vilains petits canards

Une partie de campagne

Cahier d'un retour au pays natal

Dora Bruder

L'Enfant et la rivière

Moderato Cantabile

Alice au pays des merveilles

Le faucon déniché

Une vie

Chronique des Indiens Guayaki

Je voudrais que quelqu'un m'attende quelque part

La nuit de Valognes

Œdipe

Disparition Programmée

Education européenne

L'auberge rouge

L'Illiade

Le voyage de Monsieur Perrichon

Lucrèce Borgia

Paul et Virginie

Ursule Mirouët

Discours sur les fondements de l'inégalité

L'adversaire

La petite Fadette

La prochaine fois

Le blé en herbe

Le Mystère de la Chambre Jaune

Les Hauts des Hurlevent

Les perses

Mondo et autres histoires

Vingt mille lieues sous les mers

99 francs

Arria Marcella

Chante Luna

Emile, ou de l'éducation

Histoires extraordinaires

L'homme invisible

La bibliothécaire

La cicatrice

La croix des pauvres

La fille du capitaine

Le Crime de l'Orient-Express

Le Faucon malté

Le hussard sur le toit

Le Livre dont vous êtes la victime

Les cinq écus de Bretagne

No pasarán, le jeu

Quand j'avais cinq ans je m'ai tué

Si tu veux être mon amie

Tristan et Iseult

Une bouteille dans la mer de Gaza

Cent ans de solitude

Contes à l'envers

Contes et nouvelles en vers

Dalva

Jean de Florette

L'homme qui voulait être heureux

L'île mystérieuse

La Dame aux camélias

La petite sirène

La planète des singes

La Religieuse

1984 A l'Ouest rien de nouveau

Aliocha

Andromaque

Au bonheur des dames

Bel ami

Bérénice

Caligula

Cannibale

Carmen

Chronique d'une mort annoncée

Contes des frères Grimm

Cyrano de Bergerac

Des souris et des hommes

Deux ans de vacances

Dom Juan

Electre

En attendant Godot

Enfance

Eugénie Grandet

Fahrenheit 451

Fin de partie

Frankenstein

Gargantua

Germinal

Hamlet

Horace

Huis Clos

Jacques le fataliste

Jane Eyre

Knock

L'homme qui rit

La Bête humaine

La Cantatrice Chauve

La chartreuse de Parme

La cousine Bette

La Curée

La Farce de Maitre Pathelin

La ferme des animaux

La guerre de Troie n'aura pas lieu

La leçon

La Machine Infernale

La métamorphose

La mort du roi Tsongor

La nuit des temps

La nuit du renard

La Parure

La peau de chagrin

La Petite Fille de Monsieur Linh

La Photo qui tue

La Plage d'Ostende

La princesse de Clèves

La promesse de l'aube

La Vénus d'Ille

La vie devant soi

L'alchimiste

L'Amant

L'Ami retrouvé

L'appel de la forêt

L'assassin habite au 21

L'assommoir

L'attentat

L'attrape-coeurs

Le Bal

Le Barbier de Séville

Le Bourgeois Gentilhomme

Le Capitaine Fracasse

Le chat noir

Le chien des Baskerville

Le Cid

Le Colonel Chabert

Le Comte de Monte-Cristo

Le dernier jour d'un condamné

Le diable au corps

Le Grand Meaulnes

Le Grand Troupeau

Le Horla

Le jeu de l'amour et du hasard

Le Joueur d'échecs

Le Lion

Le liseur

Le malade imaginaire

Le Mariage de Figaro

Le meilleur des mondes

Le Monde comme il va

Le Parfum

Le Passeur

Le Petit Prince

Le pianiste

Le Prince

Le Roman de la momie

Le Roman de Renart

Le Rouge et le Noir

Le Soleil des Scortas

Le Tartuffe

Le vieux qui lisait des romans d'amour

L'Ecole des Femmes

L'Ecume Des Jours

Les Bonnes

Les Caprices de Marianne

Les cerfs-volants de Kaboul

Les contes de la Bécasse

Les dix petits nègres

Les femmes savantes

Les fourberies de Scapin

Les Justes

Les Lettres Persanes

Les liaisons dangereuses

Les Métamorphoses

Les Mouches

Les Trois mousquetaires

L'étrange cas du Dr Jekyll et de Mr Hyde

L'Ile Au Trésor

L'île des esclaves

L'illusion comique

L'Ingénu

L'Odyssée

L'Ombre du vent

Lorenzaccio

Madame Bovary

Manon Lescaut

Micromégas

Mon ami Frédéric

Mon bel oranger

Nana

Ne tirez pas sur l'oiseau moqueur

Notre-Dame de Paris

Oliver twist

On ne badine pas avec l'amour

Oscar et la dame rose

Pantagruel

Le Misanthrope

Perceval ou le conte du Graal

Phèdre

Ravage

Roméo et Juliette

Ruy Blas

Sa Majesté des Mouches

Si c'est un homme

Stupeur et tremblements

Supplément au voyage de Bougainville

Tanguy

Thérèse Desqueyroux

Thérèse Raquin

Ubu Roi

Un Barrage contre le Pacifique

Un long dimanche de fiançailles

Un secret

Vendredi ou la vie sauvage

Vipère au poing

Voyage au bout de la nuit

Voyage au centre de la terre

Yvain ou le Chevalier au lion

Zadig

À propos de la collection

La série FichesdeLecture.com offre des contenus éducatifs aux étudiants et aux professeurs tels que : des résumés, des analyses littéraires, des questionnaires et des commentaires sur la littérature moderne et classique. Nos documents sont prévus comme des compléments à la lecture des oeuvres originales et aide les étudiants à comprendre la littérature.

Fondé en 2001, notre site FichesdeLectures.com s'est développé très rapidement et propose désormais plus de 2500 documents directement téléchargeables en ligne, devenant ainsi le premier site d'analyses littéraires en ligne de langue française.

FichesdeLecture est partenaire du Ministère de l'Education du Luxembourg depuis 2009.

Plus d'informations sur www.fichesdelecture.com

ISBN: 978-2-511-02900-8

Notes :